날마다 e-mail을

한국의
단시조
005

홍오선 시집

날마다 e-mail을

책만드는집

막 씨앗을 뿌려놓고 열매를 꿈꾸던 시절이 있었습니다.

등단 서른 해를 맞고 보니 땡볕의 견딤이 있어야 비로소 가을의 열매를 얻을 수 있다는 것을 몸소 깨닫습니다.

숯이 1,500℃에 달하는 고온과 1cm²당 65,000kg의 고압을 받으면 다이아몬드가 된다고 하지요.

압력 즉 고통이 숯을 다이아몬드로 바꿔놓듯이, 오랜 불면의 밤을 이기고 나온 시조 한 수를 아직껏 기다립니다.

너나없이 우리 안에는 얼마나 많은 다이아몬드가 세상 밖으로 나오기를 기다리고 있을까요.

성공의 결과물이란 고통의 시간에 대한 다함없는 인

내이거늘, 다이아몬드가 될 수 있음에도 불구하고 숯에 머물고 있는 가여운 내 시편들을 이렇게 쓰다듬습니다. 날마다 e-mail을 열며…….

－2015년 선릉의 봄날

홍오선

2부 러브 인 아시아

3부 　날마다 e-mail을

4부　금가락지

5부 해바라기 한때

1부

징검다리의 말

꽈리

잠이 든 지귀 가슴에 금팔찌를 얹어줄 때

여왕의 귀고리가 이리 열없었을까

터질 듯

붉게 매달린

하염없는 맘이었을까.

수평선

너를 받쳐 물이 된 나
나를 안아 허공 된 너

오늘토록 멍이 들어 바장이는 눈시울에

잡힐 듯
잡지 못한 손이
아득히 닿아 있다.

새벽 비

명지바람
천리 밖에

뉘 오시는
발자국 소리

가슴 한켠
빈자리를
애써 찾아
드시느라

눈시울
촉촉이 적시며
마른 잠을
깨운다.

꽃무릇

서늘한 숫대 위로
멀미하는 뭉게구름

기다림도 하마 길어
하늘도 기우뚱하다

사랑도
말 못 할 사랑은
꽃무릇을 피운다.

눈썹달

먼 소식 물고 왔나
저 하늘 외기러기

차마 뜯지 못해
내 눈썹에 걸어두고

눈웃음
살짝 베어 문
이 마음 알까 몰라.

징검다리의 말

평생을 엎드린 채
공덕을 깨우치리

밟고 가는 천의 발걸음
참아내며 견뎌내리

뉘인가
날 깨우는 이
저 가만한 기척은.

수박

통통 두드려봐도 제 속내는 꼭 감추지 칼날을 받고서야 아낌없이 열어주는

사랑도 그런 사랑을 여름 내내 익혔어요.

별

고향 집 밤하늘에 눈물 먹은 별이 하나

눈부처에 맺혀 있는 네 얼굴 지워질까

그 자리 그냥 선 채로 여름밤이 스러진다.

방점

이별의 원점이란 무서리 내린 자리

간다는 말도 없이 너 떠난 빈 가슴에

하얗게 죽지 내린 채 영글게 맺혀 있다.

등꽃

우리, 서로를 탐해 엮여본 적 있던가요

간절히 늘어뜨린 목덜미에 닿는 숨결

그 누가

연보라 등을

밝혀 들고 섰나요.

한밤중

하마 그가 오실까
바람 귀 세웠는데

깜빡 조는 사이
그새 다녀가셨나

온밤을
지키는 가로등
어둠이 몰래 운다.

뜬소문

진달래,
붉은 입술로
무슨 염문 퍼뜨리나

자미사 속적삼을
살포시 열뜨리고

백목련
피고 있다고
봄이 출렁, 한다고.

거울, 어머니

지닌 공덕 찾아보니
겨자씨 한 알 크기

이제는 이 많은 업
어찌 다 헤아릴까

측은히 바라보신다
내 눈 속의 어머니.

서리꽃

서늘한 등을 보인 채
문이 꽝, 닫힌다

창 너머엔
웃음소리
내 안엔 얼음꽃 핀다

사랑은
속으로 녹는
눈물 뼈 두어 도막.

썰물

보내면 안 될 것을 서둘러 보낸 죄로

하루에 한두 번씩 가슴이 휑해진다

뻘 가슴 열어놓으니 어서 오렴, 내 새끼야.

2부

러브 인 아시아

욕심

그래, 맞아
아메바처럼
자를수록 늘어나는

눈 깜짝할 겨를 없이 돋아나는 피살이처럼

사방에 창궐하는 것
그 무슨
돌림병인가.

러브 인 아시아

눈 딱 감고 몸을 날려
멀리서 온 심청이들

말도 서툰 이역에서
아득한 연緣을 받쳐 들고

이제껏
묵언수행 중
눈물 끝이 아리다.

바람의 덫

내 안에 나 갇힌 줄 저 하늘은 알고 있을까

세상 어느 귀퉁이든 열린 곳은 있으련만

밤마다 갈라지는 길 그 방위가 묘연하다.

달무리

달동네 변두리에 서면 서러운 게 목숨이지

팔십 년 골이 깊던 내 어머니 그 허리띠

이윽히 벗어놓고 간 이승 자락 둘레길.

돌탑

돌
하나
잡은 손이
하늘만 한
원願을 그린다
가물가물 네 얼굴이
바르르 떨리다가
내 가슴 맨 꼭대기에
오롯하게 앉는다.

철길 따라

옹이 돋고 가시 박혀 아직도 서툰 발걸음

얼치기 그물망에 지난날을 담고 보니

아무리 힘껏 달려도 만날 수는 없습니다.

설산 너머로

놀 그늘
여릿여릿
능선 따라 사위는 시간

천 길
언 강물에
누가 찍는 발자국인가

선연히
다가올 이별
예감이나 하라는 듯.

새벽 물안개

사방이 무명인데 무얼 움켜쥐느냐고 기어이 가려는
너 발목 잡아 앉혔더니

더운 피 삭이지 못해 솟구치며 안달이다.

찔레꽃

꽃길 열리면서 날아드는 흰 나비 떼

어머니 살내음은 해마다 오시는데

버선발 채 딛기도 전 되가실까 두려워라.

매듭

지나온 길 돌아보면
허방 같은 씨줄 날줄

멋대로 엉키어서
풀기도 어려워라

얼룩진 곳곳마다에
명命줄만이 질기다.

운문사, 여름

연좌 적멸 깊은 속내
법당 가득 풀어놓고

목어 울음소리
어둔 귀로 걸러낸다

법구경 놓인 자리에
출렁이며 오신 여름.

진눈깨비

겨울 한가운데
눈송이들 찾아왔다

바람에

들쑥날쑥

제자리를

못 찾고서

눈물을 훔치고 있네
젖을 대로 다 젖은 채.

그림자

낮은 예각으로 떨어지는 햇살들이

빛을 한껏 뉘어놓고 내 뒤를 바장인다

숨기고 싶었던 일들 머뭇대며 드러난다.

단추

그대로 언제까지
함께할 줄 알았더니

홀연
세상 밖에
외톨이로 나앉았네

당신과 이어진 탯줄
찾을 길이 막막한 날.

치통

느닷없이 긋고 가는
이별의 인사처럼

한밤중에 날아든
옛 친구의 부음처럼

일순간
말로는 다 못 할
위로도 소용없는,

3부

날마다 e-mail을

참매미

먼저 간 아우 생각에 서녘 하늘 그렁그렁

으능나무 참매미가 저녁 한때 우는 것은

이렇게 다시 왔다는 네 목소리, 맞구나.

청맹과니

강을 다 건넜다고 배를 버리다니요

참말이라 속삭이는 그 말을 믿다니요

문밖은 어둠이온데 햇살을 보다니요.

미리내

눈물 한 방울로
샘을 파는 저녁

천 갈래 물줄기가
내 몸을 관통하며

저렇게
흘러듭니다
영롱한 적멸입니다.

날마다 e-mail을

하마
기별인가
어둠 속에 피는 말씀

수신 없이
헤매 돌다
지쳐버린 보관함에

돌아와
들어앉은 건
맹목의 너, 혹은 집착

할미꽃 피어

고개를 들기에는 설운 날이 너무 많아

옹이 진 설움 타래 바람결에 날리면서

수시로 묵념에 들어 조아리는 나를 본다.

거미줄 물방울

와사등에 부나비처럼
사랑이 형벌이라도

공중의 징검다리
그 허방에 빠질지라도

한순간 무지개 뜨는
착각의 저 하늘 집.

토우 土偶

말없이 곁에 서서 잠깐 꿈을 꾸는 사이

그대와의 천년 잠이 찰나처럼 스쳐 갔지

부스스 눈뜨고 나면 다시 또 이승일까.

꼭두*

나무로 깎아 만든 꼭두는 나의 각시 빨강 치마 초록
저고리 어여삐 받쳐 입으니

꽃대궐
차린 신행길
이승보다 환하다.

* 나무로 만든 목우木偶. 돌아가신 분의 저승길 안내, 수호자.

쑥

이 땅에 뿌리내려 온 들녘을 확 덮치는 마디마디 푸른
핏줄 우리네 희망 같은 이른 봄 언 흙을 풀며 너처럼 번
져가랴.

잠자리

그대,
내게 건네준
세모시 고운 나래

올올이
헤쳐보니
얽히고설킨 연緣줄

어찌 다
풀 수 있으랴
삼십삼천 업인業因인걸.

길이 보인다

몸의 눈이 흐려지니
마음 눈은 더욱 멀다

묵묵히 따라만 와
갈 길을 못 찾겠네

움켜쥔
손을 놓으니
마음 길도 보인다.

모래시계

빠져나간 모래알로
윗부분이 텅 비었다
　　이제부터
　　　시작
　　　이다
　　　유효
　　　기간
　　자로 재며
못다 한 한마디 말을
변명으로 바꿔놓듯.

그 자리

네가 올 것만 같다
기다림 두고 간 너

가로등 그림자가
자꾸만 길어지는데

아무도
오가지 않는
공터가 된 옛 정류장.

구름 몇 점

삶에 겨운 몸놀림에
돋아난 혓바늘처럼

빈 하늘 투망질에
걸려든 앙금일까

눈 뜨면 사라져버릴
봄 하늘에 부친 생각.

가을 바다

순한 양 한 마리가
첨벙,
떨어져서

물결이 천파만파
바다를
깨웁니다

구름도 거꾸로 사는 법
이렇게
배웁니다.

4부
금가락지

산수유

저토록 흐드러지게
손수건 흔들다가

봄바람 못 이기어
터진 앞섶 여며가며

뒤돌아
유두를 짜는
이른 봄날, 저 초유初乳.

옷걸이

내 것인 적 없었다는
푸념 한 번 못 해보고

평생을 어둠 속에서
숨어 살던
그 사람

보내고 알았습니다
하루가
기다림인 걸.

빈 의자

오실 이
발자국 소리
밤낮으로 기다려도

가슴을 긋고 가는 한 차례 가을 달빛

스치는
나무 그림자만
위로하듯 앉습니다.

저녁, 겨울나무

삭아 지친 각질에도
나이테는 꿈을 키워

비탈진 응달쪽에
잠시 눈을 붙인

고요가
비껴 앉은 채
달을 하나 품는다.

여름 탄도항

서해 바다 해넘이를 혼자서 보는 오늘

목젖에 달라붙는 이름을 불러가며

놀 속을
날아오른다
이카로스
새가 되어.

화양계곡에서

세상을 등지고서
숨어서 살려는가

애써 비껴 앉아
목을 놓는 물소리

숨죽인
산 그림자만
가만히 와 일렁인다.

은방울꽃

덮어둔 꿈만 같은
오래된 흑백사진

갓 스물 그 나이에
피워 올린 웃음으로

바람에 소근거린다
은방울 목소리가.

가지치기

여린 실핏줄을 툭툭 끊어놓고

엇갈렸던 그 발걸음 되짚어갈 수 없네

새순이 돋으려는 듯

가지마다 입덧이다.

물새

내려앉은 하늘가에
한 점, 섬이 된 너

부리가 다 닳도록
쪼아댄 그리움을

바다는
그 맘 안다고
뒤척이며
출렁이며.

초승달

마음이 허방 속에 자꾸만 빠지는 날

살아가는 둘레마다 회색빛 자욱한 날

구름을 엷게 베어 문 네 웃음이 걸려 있다.

이슬

고 작은
어린것들
제 몸 한껏
낮춰가며

동그랗게
온몸으로
하늘을
이고 있다

한 방울
작은 몸짓에도
길을 내는
저 강물.

낮잠

행간에 누워 있는
잠 못 든 낱말처럼

허무를 풀무질하다
불모지에 드는 한낮

그제야
놓이는 집착
날개 잠시 접는다.

봉숭아 꽃물

꽃물이 곱게 들어야 저승길이 밝다시며

윤유월 느닷없이 손 내밀던 어머니

한사리 달이 이울면 애끼손톱 아려온다.

동백

한순간
반짝 빛이었던
그런 사람
있었다고

겨울 내내
꿈만 꾸던
스무 살 적 그 가시내

불현듯
환상을 찢고
울컥울컥
쏟은 멍울.

금가락지

차마
아까워라,
아끼고 아낀
저 둥근달

어느새
닳아져서
시름시름
여위었네

울 어매
약지 손가락
둘레만큼
남기고.

5부

해바라기 한때

마중물

오는 길
잃을까 봐
물길 하나 열어놓았지

메마른
네 목울대
적시려고 내가 간다

초행길
앞장서주마
내 설움도 받아주마.

비닐봉지

쪽방 구석지에 나뒹구는 비닐봉지

속을 죄 비우고야 눈 감는 어매처럼

빈손을 허공에 흔들며 막장 앞에 서성이는.

해바라기 한때

울음의 멍울 본다
알알이 박힌 씨앗

하늘 자락 모두 지펴 노랗게 꽃불 달고

한여름
동그라미 속
나도 따라 기우네.

달팽이

하루에도
몇 가지씩
흐려지는
어제 일들

더듬이
빼어 물고
돌아본
한 생애가

지고 온
무게만큼씩
발걸음도
더디다.

낙엽, 그 후

기를 쓰고 보듬던 손
지친 지 오랩니다

늦가을 앓는 소리에
덩달아 앓고 나니

이제는
지울 것조차 없어
제 몸을 사릅니다.

풍경 風磬

바람 편에 띄워 보낸
그 안부
멀고 멀다

눈물도 사치라고
화들짝 숨죽이며

해종일
빈 울음만 우는
내 사랑
허허롭다.

거꾸로 살기

지금껏 묶었던 타래 이제는 풀어놓아

마른 육신 갈아입을 한 벌 옷 지으시고

마침내 마침표 찍어 이 한 몸을 거두시네.

그믐달

내 살 다 받아먹고
어여어여 자라거라

손톱만큼 남았어도
둥실둥실, 그리 커라

내 새끼
다 빨리고서
빈 젖꼭지 걸어둔 밤.

봄의 허물

아서라,
꽃 아니라고
보고도 아니 본 척

쑥국새
바람에 취해
긴 밤
헤매는 동안

꽃뱀이
허물 벗는 봄
소맷자락 헐렁하다.

그림자놀이

길었다 짧아졌다
고무줄 그 놀이처럼

숨었다 나타났다
우리들의 술래잡기

잡으려 애를 써봐도
뱅뱅 도는 너의 생각.

하루살이

왱왱거려 귀찮다는 손사래 거두세요

오늘이 전부입니다
하루가 한생입니다

백 년도 부럽지 않을 이 순간의 날갯짓!

코바늘

쉬잇,
아무 말도
묻는 것도 이제 그만,

흩어진
마음 가닥
가지런히 엮어놓고

마지막
손잡아 줄 이
나 아니면 누굴까요?

민들레 소고 小考

이차돈
새하얀 피
말 없는 항변이다

잡초라는 이유만으로
잘려 나간 서러운 목

네 눈빛 글썽이는 걸
내가 짚어 읽는다.

흠欽하다

아주 찬찬하게
지난날 음미하며

선덕여왕 치맛자락 뉘 몰래 불을 품던

그 사내
지귀의 기일
천 년이 오고 간다.

종이꽃

한번 접은
그 마음
피면 지지 말아라

사랑도
헛꽃이라고
배시시 웃는 너를

밤새워
접었다 폈다
한 번 더
눈 흘기다.

영원에의 그리움

오세영 시인 · 서울대 명예교수

1

시는 원래 일인칭 자기 고백체로 쓰인다. 그러나 요즘의 우리 시단은 이 같은 독백체보다는 이야기체 시들이 하나의 유행처럼 범람하고 있다. 한편 그 형식에 있어서도 가능한 한 자유시형이나 자유율을 지향하고자 하는 현 시조 시단의 대세를 감안할 경우 3.4.3.4. / 3.4.3.4. / 3.5.4.3.의 엄격한 정형률을 고수하는 평시조의 창작 역시 시류와는 거리가 좀 멀어 보인다.

그러나 홍오선洪午善은 엄격한 정형률에 토대한 자기

독백체 형식의 시만을 즐겨 쓴다. 그만큼 이 양자의 특성을 고집스럽게 지키는 우리 시단의 몇 안 되는 시인이다. 그것은 물론 시인 나름의 시론에 따른 창작이겠지만 그만큼 우리는 홍 시인의 시에서 다소 예스런 풍정, 낯익은 어법들과 마주치는 것도 피할 수 없는 사실이다. 이를 두고 어떤 이는 좀 고루하다고 말할지도 모른다. 그러나 필자는 그것을 그의 어떤 시적 결기나 순수성의 표현으로 보고 싶다.

그러한 의미에서 그는 우리 시조시단의 시 창작에서 교과서적인 틀을 고수하고 있는 시인 중의 한 사람이다. 그는 일부러 그렇게 쓰는 것이다. 그러나 그 어떤 분야에서든지 교과서란 얼마나 중요한 전범이 되는 것인가. 아마도 홍오선은 우리 시조시단의 시작이 너무 혼란스럽고 무질서하기 때문에 굳이 그 같은 전범을 보이고자 하는 것이 아닐까?

모든 자기 고백체의 진술이 그러한 것과 같이 홍오선의 시에서도 '나'(화자)는 그 시 세계를 푸는 열쇠가 된다. 왜냐하면 '자기 고백'이란 문자 그대로 자기, 즉 '나'를 고백하는 이야기이기 때문이다. 그러한 관점에서 우리가 홍오선의 시를 이야기하기 위해서는 우선 그의 시에 형상

화된 '나'를 살펴보는 일이 중요할 것이라고 생각된다.

> 네가 올 것만 같다
> 기다림 두고 간 너
>
> 가로등 그림자가
> 자꾸만 길어지는데
>
> 아무도
> 오가지 않는
> 공터가 된 옛 정류장.
> ─「그 자리」전문

　이 시는 어떤 정류장에서 '나'가 '너'(아마도 사랑하는 사람일 터이다)로 불리는 이와 이별하고 있는 장면을 그려 보여준다. 날은 저물고 인적 뜸한 밤은 깊어만 가는데 오래전 너를 보낸 '나'는 덩그러니 혼자되어 그가 이미 떠나 버린 그때의 그 정류장에서 아직도 '너'를 기다리고 있다.
　그러한 관점에서 이 시의 중요한 키워드는 분명 '이별' 과 '기다림'이지만 나는 그보다도 '공터가 된 옛 정류장'

을 더 주목하고자 한다. 왜냐하면 이 시에서 '공터가 된 옛 정류장'은 '나'와 감정이입이 된 일종의 객관적 상관물 objective cor-relation로 제시되어 있다고 생각하기 때문이다. 그러한 관점에서 시 속의 '나'는 바로 공터가 된 옛 정류장 바로 그것과 같다.

그렇다면 '공터가 된 옛 정류장'이 상징하는 의미는 무엇일까? 그것은 다음과 같이 설명될 수 있다. 첫째, 허무하고 쓸쓸하다. 둘째, 외롭다. 셋째, 그곳에서 과거에 무슨 일이 있었다. 넷째, 헤어짐과 만남의 공간이다(그러나 이 시의 '기다림 두고 간 너'를 염두에 둘 경우 이 두 가지 의미 중에서 '헤어짐'을 암시하는 말로 보는 것이 보다 자연스럽다). 따라서 우리는 이 같은 객관적 상관물이 암시하는 의미와 같이 지금 '나'라는 존재가 처해 있는 상황은 옛날에 사랑했던 사람, 즉 '너'와 지금은 헤어져 현재 몹시 쓸쓸하고 외롭고 허무한 삶을 영위하고 있으며 또 '너'를 잊지 못해 한없이 기다리고 있는 자라는 것을 알 수 있다.

이와 같은 '나'의 존재론적 의미는 다른 많은 작품들에 의해서 확연이 드러나고 있다. 예컨대 「방점」이나 「설산 너머로」 같은 작품에서는 이별의 한을 절절히 토로하고 있으며("놀 그늘 / 여릿여릿 / 능선 따라 사위는 시간 // 천 길

/ 언 강물에 / 누가 찍는 발자국인가 // 선연히 / 다가올 **이별** / 예감이나 하라는 듯.”(「설산 너머로」)), 「새벽 비」나 「꽃무릇」은 기다림을 노래하고 있다(“서늘한 솟대 위로 / 멀미하는 뭉게구름 // **기다림**도 하마 길어 / 하늘도 기우뚱하다 // 사랑도 / 말 못 할 사랑은 / 꽃무릇을 피운다.”(「꽃무릇」)). 「종이꽃」과 같은 작품들은 사랑의 아픔을 고백하고 있으며(“한번 접은 / 그 마음 / 피면 지지 말아라 // **사랑**도 / 헛꽃이라고 / 배시시 웃는 너를 // 밤새워 / 접었다 폈다 / 한 번 더 / 눈 흘기다.”(「종이꽃」)), 「화양계곡에서」「낮잠」「할미꽃 피어」같은 작품은 쓸쓸함과 생의 덧없음을 토로하고 있다(“행간에 누워 있는 / 잠 못 든 낱말처럼 // **허무**를 풀무질하다 / 불모지에 드는 한낮 // 그제야 / 놓이는 집착 / 날개 잠시 접는다.”(「낮잠」)).

그렇다면 이와 같은 상황에 처해 있는 ‘나’가 가장 절실하게 바라는 것은 무엇일까. 그것은 한마디로 ‘그리움의 충족’이라고 말할 수 있다. 다시 말하면 ‘나’는 자신과 과거 어떤 인연으로 맺어졌다가 무슨 일인지 모르나 지금은 헤어져 어딘가 사라져버린―이 시에서 ‘너’로 표현―사람에 대한 끝없는 그리움을 충족할 수 없어 그처럼 외롭고 슬프며 허무한 생을 영위하고 있는 것이다. 그러므

로 그의 시집에 그리움과 인연의 아픔을 고백하는 시들
이 유달리 많은 것은 이상한 일이 아니다.

　　서해 바다 해넘이를 혼자서 보는 오늘

　　목젖에 달라붙는 이름을 불러가며

　　놀 속을
　　날아오른다
　　이카로스
　　새가 되어.
　　―「여름 탄도항」 전문

　이 시에서 '나'는 그 어떤 사람이 그리워 '목젖이 달라
붙도록 그 이름'을 부르고 있다. 이 같은 정경은 소월이
그의 시 「초혼」에서 사랑하는 사람의 이름을 부르며 "설
움에 겹도록 부르노라 / 설움에 겹도록 부르노라 / 부르
는 소리는 비껴가지만 / 하늘과 땅 사이가 너무 넓구나"
라고 토로했던 심정과도 다르지 않은 상황이다. 시인은
시 속의 '나'가 이처럼 어찌 해볼 수 없는 절대의 이별로

인해 도저히 합일할 수 없는, 임에 대한 그리움을 형상화
해낸다고 할 수 있다.

2

그렇다면 그리움의 실체 혹은 그의 그리움이 궁극적으
로 도달하고자 하는 경지는 무엇일까. 그것은 두말할 것
없이 '나'가 그 헤어진 임과 합일하는 일이다. 그것은 그
가 그토록 소망했던, 얽인 인연의 푸는 행위("그대, / 내게
건네준 / 세모시 고운 나래 // 올올이 / 헤쳐보니 / 얽히고설킨
연緣줄 // 어찌 다 / 풀 수 있으랴 / 삼십삼천 업인業因인걸"
(「잠자리」))이자 이 지상에서의 삶을 완성하는 일이 되기
때문이다. 여기서 홍오선의 시는 결과적으로 연시戀詩가
된다. 홍오선은 자연을 빌려 사실은 영원한 사랑을 노래
한 시인이었던 것이다.

　　내려앉은 하늘가에
　　한 점, 섬이 된 너

106

부리가 다 닳도록
쪼아댄 그리움을

바다는
그 맘 안다고
뒤척이며
출렁이며.
─「물새」 전문

인용 시의 시적 대상은 물론 자연이다. 따라서 이 시에
묘사된 것은 물론 파도가 출렁거리는 바닷가 모래사장에
서 부리로 먹이를 쪼고 있는 물새들이다. 그러나 이 같은
미메시스mimesis적 풍경을 시로 담으면서도 시인이 보고
있는 세미오시스semiosis적 의미는 '사랑'이다. 그것은 이
시에서 시인이 '물새'를 고독한 '나'로, 물새가 무엇인가
쪼고 있는 행위를 그리움("부리가 다 닳도록 / 쪼아댄 그리
움")으로 구조화시키고 있는 까닭에 이 같은 구도에서라
면 물새가 쪼고 있는 그 무엇, 즉 먹이는 바로 사랑이 될
수밖에 없기 때문이다. 그리움의 먹이가 사랑이 아니라
면 그 무엇에 해당되겠는가?

시인은 바닷가에 서서 백사장의 물새가 부리가 닳도록 쪼아대는 먹이를 본다. 그러나 그가 마음의 눈으로 본 것은 사랑에 목말라하는 어떤 그리움의 실체였다. 그리고 그는 이어서 다음과 같이 생각한다. 인간의 생이 영위되기 위해서는 두 가지 조건이 충족되지 않으면 안 된다. 하나는 물론 먹이─식량이다. 먹이라는 에너지원을 갖지 않고서 육체는 생존할 수 없다. 그러나 다른 하나는 사랑이다. 사랑 없이 인간의 영혼은 등불을 켜 들 수 없기 때문이다. 인간의 정신은 사랑 없이 살아갈 수 없다. 그런데 정신은 육체보다 강하며 영혼은 육신보다 영원하다. 즉, 인간은 빵 없이 살 수는 있지만 사랑 없이 살 수는 없는 것이다. 그래서 그리스도께서도 인간은 빵으로 살지 않고 말씀(사랑)으로 산다고 하시지 않았던가.

우리는 이 대목에서 홍오선이 지향하고 있는 사랑의 궁극적 실체를 미루어 짐작할 수 있다. 그것은 바로 일상을 초월한 어떤 영원의 세계, 플라토닉한 이데아의 세계를 지향하는 사랑이 아닐까. 왜냐하면 그의 시에서 사랑은, 이 지상에서는 결코 이루어질 수 없는 것으로 그려지고 있기 때문이다.

말없이 곁에 서서 잠깐 꿈을 꾸는 사이

그대와의 천년 잠이 찰나처럼 스쳐 갔지

부스스 눈뜨고 나면 다시 또 이승일까.
　　―「토우土偶」 전문

　위 시에서 화자가 이 지상에서 함께 나누는 사랑은 비록 천년의 사랑이라 하더라도 일개 꿈에 지나지 않는 것이었다. 그런데 그 꿈속의 사랑은 아무리 길어도―비록 천년을 나누는 사랑이라 하더라도―꿈을 깨면 한순간, 즉 찰나에 지나지 않는다("그대와의 천년 잠이 찰나처럼 스쳐 갔지"). 나아가서 그 지상의 꿈을 깨고 나면 이미 임은 이승에 존재하지 않은 사람이기도 하다. 그러므로 '나', 즉 화자는 덧없이 이 지상에 홀로 남을 수밖에 없다.
　뿐만 아니다. 여기서 화자가 꿈을 깬다는 것은 현실적으로 한 생이 마감되는 것을 의미한다. 시인은 "부스스 눈뜨고 나면 다시 또 이승일까"라고 되뇌지 않는가? 따라서 우리는 이 시에서 '나'와 임과의 이별이 단순한 이 지상에서의 결별이 아니라 구체적으로 죽음을 매개로 한 이별, 그러니까 화자는 이 지상의 존재이며 임은 어떤 초월적 세계의 존재임을 알 수 있다. 즉, 이 시에서 '나'가 간절히 소원한 사랑은 현실에서는 이루어질 수 없는 사랑이다. 그래서 그는 돌탑을 돌며 '하늘만 한 원願'을 그리고 있는 것이다.

    돌
    하나
    잡은 손이
    하늘만 한
    원願을 그린다
    가물가물 네 얼굴이
    바르르 떨리다가
    내 가슴 맨 꼭대기에
    오롯하게 앉는다.
    —「돌탑」전문

　그런데 이 지상이 아닌 어떤 영적靈的 혹은 플라토닉한 이데아의 세계에서만 이루어질 수 있는 '나'의 사랑은 그 '나'가 처해 있는 현실의 존재론적 조건들을 초월해야만 이루어질 수 있는 사랑이 아닐 수 없다. 왜냐하면 사랑의 완성이 '나'와 '임'과의 합일을 의미하는 것임에도 불구하고 현실적으로 나는 이 지상에, 임은 삶의 저 건너에 존재하고 있기 때문이다. 여기서 시인이 그 해법으로 제시하는 것이 이 지상에서 얽혔던 나와 임과의 인연을 풀어주는 행위이다. 이 지상에서 얽힌 연줄, 즉 모든 한과 원을 풀어버리면 존재는 절대 자유의 경지에 들어 초월적 공간에 주거하는 임과도 완전한 합일에 도달할 수 있으리라 믿기 때문이다.

그대,
내게 건네준
세모시 고운 나래

올올이
헤쳐보니
얽히고설킨 연緣줄

어찌 다
풀 수 있으랴

삼십삼천 업인業因인걸.

　　　　　　　　　　　　　　ー「잠자리」전문

　그리하여 그는ー마치 잠자리의 비상이 그러한 것과 같
이ー자유롭게 하늘을 날아가기 위하여 몸부림친다. 그러
나 그 인연은 모질고 질기다. 일상인으로서는 도저히 불
가능한 경지인 것이다. 그럼에도 불구하고 바로 우리는
이 대목에서 이 시의 사랑의 의미를 깨닫게 된다. 유한한
존재의 무한에 대한 불가항력적인 사랑, 이 지상에서는
이루어질 수 없는 안타깝고 슬프고 한없이 외롭지만 그
러나 순결하고 아름답고도 완전한 사랑 바로 그것이다.
시인은 바로 이 같은 플라토닉한 사랑을 꿈꾸고 있는 것
이다.

3

　명검名劍은 단칼에 승부를 낸다고 한다. 그도 그럴 것
이다. 잘 간 칼날이니 어찌 쓸데없는 헛칼질로 있는 힘을
소진할 것인가. 이러한 태도는 시조 창작 역시 마찬가지

라 생각한다. 훌륭한 시조는 단시조單時調로 그 가부를 판가름 내기 마련. 촌철살인의 비의秘意는 한마디로 족한 것이다.

그럼에도 불구하고 근래의 우리 시조시단이 단시조가 아닌 복시조複時調(여러 편의 단시조를 연합해 하나의 작품을 만드는 형식의 시조) 창작에 심취하고 있는 것은 그만큼 시인들이 그들의 시 창작에 있어 자신감을 결여하고 있기 때문이 아닐까? 많은 말을 한다고 해서 큰 의미가 살아 있는 것은 아니다. 그것은 오히려 진실을 호도할 우려가 있다. 더욱이 가능한 한 언어를 절제해야만 하는 시에서랴! 그래서 조선조 명시조들은 모두 단시조가 아니던가.

물론 단시조라 해서 모두가 훌륭하고 복시조라 해서 항상 사변적이지는 않을 것이다. 단시조라 해서 모두 성공을 거두고 복시조라 해서 실패하지는 않을 것이다. 그러나 처음부터 비장한 각오로 단숨에 승부를 걸고자 온 정성을 쏟아붓는 단시조 창작의 그 결기決起, 열정이야말로 가히 칭송해마지 않아야 하지 않겠는가.

이 시집을 상재한 홍오선이 바로 그런 분이다. 수록된 시 전편 70여 수가 모두 단시조이다. 아마 우리 시조시단에서 이렇듯 단시조집 한 권으로 승부를 건 시인도 찾아

보기 그리 흔치 않을 것이다. 성공 여부가 꼭 중요하지 않을지도 모른다. 나는 우선 그 같은 홍오선의 문학적 태도에 치하를 드린다. 그럼에도 불구하고 수록된 그의 시 대부분이 골고루 어느 수준을 유지하고 있음에랴.

　명지바람
　천리 밖에

　뉘 오시는
　발자국 소리

　가슴 한켠
　빈자리를
　애써 찾아
　드시느라

　눈시울
　촉촉이 적시며
　마른 잠을
　깨운다.

나 역시 많은 말을 해서 옥에 때를 묻히지 않으련다.

이상 인용된 위의 시 한 수만 보더라도 가히 홍오선의 문학적 위상을 짐작할 수 있지 않겠는가?

이로써 나는 우리 시단의 수많은 보석 창고에 이제 영롱한 보석 하나가 더 추가될 것임을 의심치 않는다.

날마다 e-mail을

초판 1쇄 2015년 4월 2일
지은이 홍오선
펴낸이 김영재
펴낸곳 책만드는집

주소 서울 마포구 양화로3길 99 4층 (121-887)
전화 3142-1585·6
팩스 336-8908
전자우편 chaekjip@naver.com
출판등록 1994년 1월 13일 제10-927호
ⓒ 홍오선, 2015

ISBN 978-89-7944-520-6 (04810)
ISBN 978-89-7944-513-8 (세트)